AF363633

CATALOGUE

DE LIVRES

COMPOSANT LA BIBLIOTHÈQUE

DE M. LE MARQUIS DE P***

DONT LA VENTE AURA LIEU

LES MERCREDI 8 ET JEUDI 9 JANVIER 1862

à 7 heures du soir

28, rue des Bons-Enfants (Maison Silvestre)

SALLE DU PREMIER ÉTAGE

Par le ministère de Me BAUBIGNY, Commissaire-Priseur,

41, RUE DE LA FONTAINE-MOLIÈRE.

━━━━━━○○○○○○○━━━━━━

PARIS

ANCIENNE MAISON SILVESTRE

CAMERLINCK, libraire (successeur)

RUE DES BONS-ENFANTS, 28.

—

1862

Paris. Imp. PILLET fils aîné, rue des Grands-Augustins, 5.

ORDRE DES VACATIONS

Mercredi, 8 janvier...... *du N°* 1 *à* 119.
Jeudi, 9 janvier........ *du N°* 120 *à* 164.

A la fin de cette vacation grande quantité de lots sur la théologie, les sciences, l'histoire et voyages.

CONDITIONS DE LA VENTE

Il y aura chaque jour de vente exposition de 1 à 3 heures.

Les livres vendus devront être collationnés sur place, dans les vingt-quatre heures de l'adjudication. Passé ce délai, ou une fois sortis de la salle de vente, ils ne seront repris pour aucune cause.

Les ouvrages qui se trouveront incomplets ou atteints de graves défectuosités seront revendus. Les acquéreurs payeront, en sus du prix d'adjudication, 5 centimes par franc, applicables aux frais.

M. Camerlinck, libraire chargé de la vente, remplira les commissions des personnes qui ne pourraient y assister.

(Affranchir.)

CATALOGUE

DE LIVRES

COMPOSANT LA BIBLIOTHÈQUE

DE M. LE MARQUIS DE P****

THÉOLOGIE

1. Affre (abbé). Traité de l'administration des paroisses. *Paris*, Le Clerc, 1839. In-8, br.
2. Année (l') du chrétien. *Paris*, 1747. 16 vol. in-12, rel.
3. Biblia sacra Vulgate edit. Sixti V. *Paris*, Gaume. 9 vol. in-32, dem. rel. (Taché.)
4. Du Pont. Œuvres pastorales. *Avignon*, 1837. In-8, br.
5. Godescard. Les Vies des saints Pères et martyrs. *Paris*, Furne, 1844. Gr. in-8, rel. mar. n., tr. dor., fig.
6. Lamennais (de). De la religion. *Paris*, 1825. In-8, rel.
7. Sacy (Lemaistre de). La Sainte Bible. *Paris*, Furne, 1841. 3 vol. gr. in-8, rel. mar. n., tr. dor. (Bel exempl.)
8. Marchantio (Jac.). Hortus Pastorum sacræ doctrinæ floribus. *Lyon*, 1742. In-fol., rel. bois, p. de tr., avec ferm. (Bel exempl.)
9. Mélanges d'ouvrages de théologie. Ens. 30 vol. et br.
10. Mémorial catholique. *Paris*, 1824. 2 vol. in-8, rel.
11. Pascal (Blaise). Lettres provinciales. *Paris*, 1830. 2 vol. in-8, br.
12. Pseaumes de David. Proverbes de Salomon, trad. en français. *Lyon*, Guillaume Rouille, 1558. In-12, rel. anc. de 1566 avec ferm., ornements en or sur les plats, tr. dor.
13. Vuillefroy. Tr. de l'administration du culte catholique. *Paris*, Joubert, 1842. In-8, br.

SCIENCES ET ARTS

14. Fastes criminels de 1840. *Paris*, 1841. 2 vol. in-8, d. rel.

15. Opinions diverses, finances, élections. 3 vol. in-8, cart.

16. Pelissier. L'Enseignement des sourds-muets, avec une iconographie des signes. *Paris*, P. Dupont, 1856. In-8, br., fig.

17. Philomneste. Amusements philologiques. *Dijon*, 1824. In-8, br.

18. Reybaud (Louis). Jérôme Paturot à la recherche de la meilleure des républiques. *Paris*, M. Lévy, 1848. 4 vol. in-12, br.

19. *Id.* Jérôme Paturot à la recherche d'une position sociale, illustré par Granville. *Paris*, Dubochet, 1846. In-4, dem. rel. m.

20. Revue rétrospective, ou Archives secrètes du dernier gouvernement *Paris*, Paulin, 1830-48. In-4. br.

21. Bertrand. Lettres sur la physique. *Paris*, 1824. 2 vol. in-8, dem. rel., pl.

22. Burat. Géologie appliquée aux minéraux utiles. *Paris*, Langlois. In-8, dem. rel.

23. Geoffroy Saint-Hilaire et Cuvier. Histoire naturelle des mammifères, avec des figures originales enluminées. *Paris*, Firmin Didot, 1820. 6 vol. gr. in-fol., dem. rel., n. rog.

24. Seba (Albert). Description exacte des principales curiosités naturelles du magnifique cabinet. Texte latin et français. belles gravures col. *Amstelod.*, 1734-65. 4 forts vol. gr. in-fol., cart. (Bel exempl.)

25. Bailly. Manuel complet du jardinier. *Paris*, 1829. 2 vol. in-18, rel., fig.

26. Bon jardinier pour 1832. *Paris*, Audot. 2 vol. in-12. rel., pl. — Huber. Sur les abeilles. In-18, rel.

27. Nouveau cours complet d'agriculture. *Paris*, Deterville. 1821. 16 vol. in-8, dem. rel., fig.

28. Anecdotes de médecine. 1762. In-32, rel.

29. Baumé. Éléments de pharmacie. *Paris*, 1848. 2 vol. rel. — Capuron. Nouveau dict. de médecine. In-8, rel.

30. Buchan. Médecine domestique. *Paris*, 1802. 5 vol. in-8, rel.

31. Lavater (Gaspard). L'Art de connaître les hommes par la physionomie, avec 500 gr. exécutées par M. Vincent. *Paris*, 1806. 10 vol. gr. in-4, cart., n. rog. (Bel exempl.)

32. Matthiolus (C. André). Les Commentaires sur les six livres de Pedacius Dioscoride, trad. du latin par Ant. du Pinet. *Lyon*, Claude Rigaud, 1627. In-fol., rel. v. Aux armes. Fig.

33. Bonneville (M. de). Les Rêveries, ou Mémoires sur l'art de la guerre de Maurice, comte de Saxe. *La Haye*, 1758. In-fol., rel. v., pl.

34. Lecomte (Jules). Dictionnaire pittoresque de marine. *Paris*, Postel, 1835. Gr. in-8, dem. rel.

35. Adam (Victor). Passe-temps. cont. 162 n°s. 2 vol. in-4, dem. rel., fig.

36. Album du Voleur, ou Rébus illustr., avec supp. 3 vol. in-4, br., fig.

37. Denon (Vivant). Notice sur Gérard Audran. *S. l. n. d.* In-fol., dem. rel., fig. sur bois.

38. Gault de Saint-Germain. Guide des amateurs de tableaux pour les Ecoles allemande, flamande et hollandaise. *Paris*, Renouard, 1841. 2 vol. in-8, dem. rel.

39. Hamilton (Gavianus). Schola italica picturæ, sive selectæ quædam summorum e schola italica pictorum tabulæ ære incisæ. *Romæ*, 1773. Gr. in-fol., fig. Belles épreuves.

40. Illustration encyclopédique. Recueil de vignettes, culs de lampe, fleurons, ornements, etc., etc. *Paris*, Curmer. Gr. in-8, dem. rel.

41. Jubinal (Achille). La Armeria real, ou Collection des principales pièces d'armes anciennes de Madrid, dessins de M. C. Sensi. Frontispice, lettres ornées, culs-de lampe. *Paris*, 1839. In-fol., dem. rel. v. (Bel exemplaire.)

42. *Id.* Les Anciennes tapisseries historiées, ou Collect. des monuments les plus remarquables de ce genre qui nous sont restés du moyen âge, à partir du onzième siècle jusqu'au seizième incl.; grav. d'après les dessins de V. Samson. *Paris*, 1838-39. Gr. in-fol., cart. (123 pl.) Bel exempl.

43. Landon. Annales du musée et de l'école moderne des Beaux-arts. *Paris* (1803-09). 17 vol., compr. le vol. compl. de paysages et tableaux de genre (1805). 4 vol.; Salon (1808) 2 vol; *Id.* (1810). 1 vol.; *Id.* (1812). 2 vol.; *Id.* (1817). 1 vol.; *Id.* (1829). 2 vol.; *Id.* (1822). 2 vol.; *Id.* (1824). 2 vol. — 2ᵉ collection, partie ancienne (1810). 4 vol. Galerie Giustini, ou Catalogue, fig. (1812). 1 vol.; *Id.* de Massias (1815). 1 vol. Ensemble 39 vol. in-8, cart. n. rog.

44. Lebrun. Recueil de gravures au trait, à l'eau-forte et ombrées. *Paris*, Didot jeune. In-8, dem. rel.

45. Mélanges, sciences et arts du Musée de peinture, de Reveil, etc. 15 vol. et br. diff. form.

46. Bibliothèque musicale de chant et piano. Collect. de chefs-d'œuvre de Mozart, Rossini, Paer, Cimarosa, Weber, Winter, etc.; publ. à Paris, chez Beauvais, Fétis, etc. Ens. 25 vol. in-4, dem. rel. (Bel exempl.)

47. Lambillotte. Chants à Marie pour le mois de mai, paroles de Lefebvre. *Paris*, 1854. 3 part. in-8, br.

48. Martini (Vinc.). Una Cosa rara, dramma giocoso, musica manusc. 2 vol. in-4 obl. m. r. fil., tr. dor.

49. Opéras et musique anc., franç. et étrang. Ens. 12 vol. in-4, cart., en un lot.

50. Quantité de musique, romances, pour chant, piano. In-4, en un lot.

51. Académie univ. des jeux. *Lyon*, 1810. 3 vol. in-12, rel., fig.

52. Cuisinier Durand. *Nismes*, 1837. In-8, br.

BELLES-LETTRES

53. Boniface. Dict. anglais-franç. et français-anglais. *Paris*, Belin, 1836. 2 vol. in-8, dem. rel.

54. Mélanges, dict. latin, grammaire française-allemande, etc. 9 vol. diff. form.

55. Noël et Delaplace. Littérature et morale. *Paris*, 1816. 2 vol. in-8, rel.

56 Stone. Dict. français-angl. et angl.-français. *Paris*, Belin. In-8, br.

57. Walker (John). Pronouncing Dictionary. *London*. In-8, cart. toile.

58. Barthélemy. Nouvelle Némésis (satires). *Paris*, 1845. In-8, dem. rel.

59. Béranger (P. J.). Œuvres compl. Nouv. édit. ill. d'après les dessins de MM. Charlet, de Lemud, etc. *Paris*, Perrotin, 1847. 3 t. en 2 vol. dem. rel. m., fig., musique.

60. Béranger (P. J.). Œuvres complètes, suiv. de la musique, des dernières chansons et de la biographie. *Paris*, Perrotin, 1854-58. 5 vol. gr. in-8, br., fig. (Bel exempl.)

61. Beuzelin. Traduction et examen crit. des fables de Phèdre comparées avec celles de La Fontaine. *Paris*, Belin, 1826. In-8, rel.

62. Boileau (Despréaux). Œuvres complètes, rev. par Thiessé. *Paris*, Pourrat, 1832. 3 vol. in-8, br.

63. Byron (lord). Œuvres. Trad. de Pichot (Amédée). *Paris*, Furne, 1830. 6 vol. in-8, br.

64. Byron (lord). Œuvres complètes. *Paris*, Ladvocat. 20 vol. in-12, dem. rel. v., fig. (Bel exempl.)

65. Cervantes (Miguel). Don Quichotte de la Manche, trad. par L. Viardot, vign. de Tony Johannot. *Paris*, Dubochet, 1845. Gr. in-8, br.

66. Champagnac. Chronique du crime et de l'innocence. *Paris*, Ménard, 1833. 8 vol. dem. rel. (Manque le t. II.)

67. Chansons choisies et nouveau recueil. *Genève*, 1782. 7 vol. in-32, br. (Avec musique.)

68. Colardeau. Le Temple de Gnide, mis en vers. *Paris*, s. d. In 8, dem. rel., fig. de Monnet.

69. De Maistre (Joseph). Les Soirées de Saint-Pétersbourg. *Paris*. 2 vol. in-8, dem. rel.

70. Dernières paroles. Poésies. *Paris*, 1835. In-8, d. rel. v.

71. Désaugiers. Chansons. *Paris*, 1842. In-12, rel.

72. Dumas (Alex.). Impressions de voyage. *Paris*, Charpentier. 2 vol. in-8, dem. rel.

73. *Id.* Le Comte de Monte-Christo. *Paris*, Marescq, 1852. 6 tom. en 3 vol. in-4, dem. rel., fig.

74. *Id.* Les Trois mousquetaires. *Paris*, Marescq, 1853. In-4. dem. rel., fig.

75. Dumas (Alex.). Vingt ans après. *Paris*, Marescq, 1853. In-4, dem, rel., fig.

76. *Id.* Le Vicomte de Bragelonne. *Paris*, Maresq, 1853. In-4, dem. rel., fig.

77. Encyclopédie comique, ou Recueil d'anecdotes, traits d'esprit et autres. *Paris*, 1803. 3 vol. in-12, br.

78. Epinay (Madame d'). Mémoires et correspondance, augm. de plusieurs lettres. *Paris*, 1818. 3 vol. in-8, dem. rel.

79. Fénelon. Les Aventures de Télémaque, illust. par Tony Johannot. *Paris*, Ern. Bourdin. Gr. in-8, cart., n. rog., fig.

80. Fongeray. Les Soirées de Neuilly. *Paris*, Moutardier, 1827. 2 vol. in-8, dem. rel., fig.

81. Galland. Les Mille et une Nuits, revues par Destains et Ch. Nodier. *Paris*, Dupont, 1827. 6 vol. in-8, dem. rel., fig., n. rog. (Bel exempl.)

82. Gessner. Œuvres. *Paris*, 1826. 4 vol. in-32, dem. rel. m., fig.

83. Goethe. Faust, tragédie, trad. en français par M. Al. Stapfer, orné du portrait de l'auteur et de 17 dessins sur pierre par E. Delacroix. *Paris*, Ch. Motte, 1828. In-fol., dem. rel. m. rouge, n. rog. (Bel exemplaire.)

84. Hamilton (Œuvres complètes d'). *Paris*, 1805. 3 vol. in-8, rel. v., fig.

85. Homère. Remarq. de Bitaubé, Iliade et Odyssée. *Paris*, 1819. 4 vol. in-12, dem. rel.

86. Jouy et A. Jay. Les Hermites en prison; le Franc parleur; les Hermites de la Chaussée d'Antin et autres. En tout 40 vol. in-12, dem. rel., fig.

87. Lachambeaudie (Pierre). Fables. *Paris*, Perrotin, 1844. In-12, dem. rel. m. — Nadaud. Chansons. *Paris*, Garnier. In-12, dem. rel. m.

88. La Fontaine (de). Contes et nouvelles. *Amsterdam*, 1789. 2 tom. en in-12, rel., fig.

89. La Fontaine (de). Fables. *Paris*, 1807. 2 vol. in-12, rel., fig., tr. dor.

90. Lamartine. Jocelyn. *Paris*, Gosselin. In-12, dem. rel. m., tr. dor.

91. Lamartine. Œuvres complètes. *Paris*, Gosselin, Furne, 1850. 6 vol. gr. in-8, br., fig.

92. Lacressonnière (vicomtesse de). Théodule, la sainte du Vorarlberg. *Paris*, 1848. Ens. 3 vol. in-8, br.

93. Laharpe. Lycée, ou Cours de littérature ancienne et moderne. *Toulouse*, Bouillet, 1813. 12 vol. in-8, rel.

94. Leclercq (Théodore). Proverbes dramatiques. *Paris*, Sautelet, 1827. 6 vol. in-12, dem. rel. v.

95. Le Monde à vol d'oiseau. 1843. In-4, br., fig.

96. Lesage. Histoire de Gil Blas de Santillane, ill. par J. Gigoux. — Lazarille de Tormes, trad. par Viardot, ill. par Meissonier. *Paris*, Dubochet, 1846. In-4, dem, rel. m.

97. Marryat (capit.). Romans divers, publiés par Ch. Gosselin. *Paris*. 32 vol. in-8, dem. rel. (Bel exempl.)

98. Mathias. Aggiunti ai Poeti lirici. *Londra*, 1808. 3 vol. in-12, rel., fig.

99. Mathias. Componimenti lirici de' piu illustri Poeti d'Italia. *Londra*, 1808. 3 vol. in-12, rel.

100. Mélanges de romans, dont : Belle-Rose, Firmin, Robinson, etc. 16 vol. in-12, rel., br.

101. Mélanges, dont Hamilton, J. B. Rousseau, Malherbe, et Recueil de poésies. Ens. 14 vol. diff. form., rel. et br.

102. Mélanges d'ouvrages allemands, anglais, romans hist. 16 vol. diff. form., rel., fig.

103. Millevoye. Œuvres complètes. *Paris*, Furne, 1833. 4 vol. in-8, dem. rel., n. rog., portr.

104. Molière. Œuvres complètes. Notes de L. B. Picard et Etienne. *Paris*, Baudoin, 1828. 6 vol. in-8, br.

105. Montesquieu. Lettres persanes. *Paris*, 1828. 3 vol. in-32, dem. rel. m.

106. Napoléon III. Œuvres. *Paris*, Amyot, 1854-56. 4 vol. gr. in-8, rel. mar., tr. dor. (Bel exemplaire.)

107. Rabelais (F.). Œuvres. *Paris*, Charpentier, 1841. In-12, dem. rel.

108. Rollin de la jeunesse. *Paris*, 1816. 2 vol. in-12, rel. v., tr. dor., fig.

109. Romans. Les Drames de Paris; la Belle Gabrielle; le Gant de Diane, etc. Ens. 9 vol. gr. in-8, br.

110. Rousseau (J. J.). Œuvres complètes. *Paris*, Baudoin, 1828. 25 vol. in-8, rel. et br. Suiv. Hist. de la vie et des ouvr. de J. J. Rousseau, par Musset-Pathay. *Paris*, 1827. In-8, br.

111. Sabatier (B.). Cours de lecture et de déclamation. *Paris,* 1839. In-8, br.

112. Scarron. Le Roman comique, édit. ornée de fig. de Le Barbier. *Paris,* Didot jeune, l'an iv. 3 vol. in-8, cart., pap. vél.

113. Sue (Eugène). Les Mystères de Paris. *Paris,* Gosselin, 1844. 4 vol. in-4, br., fig.

114. Swift (J.). Voyages de Gulliver, illustr. par Granville. *Paris,* Furne, 1838. 2 vol. in-8, dem. rel. m., n. rog.

115. *Id.* Voyages de Gulliver, illust. par Granville. *Paris,* Furne, 1845. Gr. in-8, dem. rel.

116. Tastu (Mᵐᵉ A.). Poésies. *Paris,* 1826. Gr. in-8, cart., pap. coul.

117. Torquato Tasso. La Gerusalemme liberata. *Gotha,* 1806. 2 vol. in-12, cart., tr. dor.

118. Vertot. OEuvres choisies. *Paris,* Janet, 1819. 12 vol. in-8, cart., pap. vel., n. rog.

119. Voltaire (de). OEuvres complètes. Édit. 1765-72. 57 vol. in-8, rel. v. fil.

HISTOIRE ET VOYAGES

120. Barthelémy (J. J.). Voyage du jeune Anacharsis en Grèce. *Paris,* Rolland, 1830. 7 vol. in-8, br., et atlas in-4, rel.

121. Choiseul-Gouffier et Laborde. Voyage pittoresque de la Grèce. *Paris,* 1709-82. Form. 2 vol. gr. in-fol., rel. et cart., belles fig.

122. Freycinet (L. de). Voyage autour du monde fait par ordre du Roi, sur les corvettes l'Uranie et la Physicienne, pendant les années 1817 à 1820. *Paris,* Pillet aîné, 1824 et années suivantes, contenant :

Zoologie, réd. par MM. Quoy et Gaimard, 1 vol. in-4 et un atlas in-fol., cont. 96 pl. noir et color.

Navigation et hydrographie. 1 vol. in-4 en 2 part. et atlas de 22 cartes. — *Historique.* 1 vol. in-4 et 1 vol. in-fol., contenant 110 planches, fig. noir et color.

Botanique, réd. par M. Gaudichaud. 1 vol. in-4 et un atlas in-fol. de 120 planches. Ens. 8 vol. in-4 et in-fol., dem. rel. (Bel exemplaire.)

123. Freycinet. Voyage autour du monde exécuté sur les corvettes de S. M. l'Uranie et la Physicienne. *Navigation et hydrographie.* 2 vol. in-4 et un atlas in-fol. cart., de 22 planches. *Paris*, 1826.

124. Géographie, voyages, plans et cartes sur Paris et les provinces, dép. du Loiret, les Bouches-du-Rhône, etc. Ens. 20 vol. et br.

125. Itinéraire de la France divisée en cinq régions, avec une carte routière. *Paris, s. d.* 2 vol. in-8, dem. rel.

126. Janin (Jules). La Normandie, illustrée par Morel-Fatio, Tellier, Gigoux, etc. *Paris*, Ern. Bourdin. Gr. in-8, dem. rel., fig.

127. Laborde. Tableaux topographiques, pittoresques, physiques, historiques de la Suisse. *Paris*, de Clousier, 1780. 4 vol. in-fol., rel. v., tr. dor. (Bel exempl.)

128. Malte-Brun (V. A.). La France illustrée, géographie, administration et statistique. *Paris*, G. Barba. 3 vol. in-4, dem. rel., cartes et fig.

129. Marsigli. Description du Danube depuis la montagne de Kalenberg en Autriche, jusqu'au confluent de la rivière Jantra dans la Bulgarie, trad. du latin. *La Haye*, 1744. 6 vol. gr. in-fol., dem. rel., fig.

130. Recueil de cartes, plans sur les provinces et villes de l'Algérie. Renf. dans 18 cartons diff. form.

131. Saint-Non (l'abbé de). Voyage pittoresque dans les royaumes de Naples et de Sicile. *Paris*, Lafosse, 1781-86. 4 tom. en 5 vol. gr. in-fol., fig., dem. rel. (Bel exempl.)

132. Tableau des établissements français dans l'Algérie, publ. par le ministère de la guerre. *Paris*, impr. roy. et imp., 1833-55. 14 vol. in-4, dem. rel.

133. Théis (de). Voyage de Polyclète, ou Lettres romaines. *Paris*, 1828. 2 vol. in-8, rel.

134. Buret de Longchamps. Les Fastes universels. *Paris*, Dondey-Dupré, 1821. Gr. in-fol. oblong, cart.

135. Cours d'histoire universelle, ou Lettres de Mme d'Yvry. *Paris*, Dentu, 1809. 10 vol. in-12, rel.

136. Saint-Victor (de). Tableau historique et pittoresque de Paris. *Paris*, Gosselin. 5 vol. in-8, dem. rel. v.

137. Anquetil. L'Esprit de la Ligue; l'Intrigue du Cabinet; Louis XIV. *Paris*, Janet et Cotelle, 1819. 6 vol. in-8, cart., pap. vél., non rog.

138. Anquetil, Dulaure et Paul Lacroix. Histoire de France jusqu'en 1848. *Paris*, 1850. 6 vol. gr. in-8, br., fig.

139. Ferrand (Ant.). L'Esprit de l'histoire. *Paris* (1809). 4 vol. in-8, dem. rel.

140. Jubé (le gén. Aug.). Le Temple de la Gloire, ou les Fastes militaires de la France depuis Louis XIV jusqu'à nos jours. *Paris*, Rapet, 1819-20. 2 vol. in-fol., cart., fig.

141. Barruel. Mémoires pour servir à l'histoire du jacobinisme. *Hambourg*, 1803. 5 vol. in-8, rel. fil.

142. Challamel (A.). Hist.-Musée de la république française. *Paris*, Challamel. 2 vol. gr. in-8, br., fig.

143. Bousquet. Hist. de Napoléon. Les Veillées du vieux sergent. *Paris*, 1843. Gr. in-8, dem. rel., fig.

144. Las Cases. Mémorial de Sainte-Hélène, illust. par Charlet. *Paris*, Furne. 2 vol. in-8, br.

145. Norvins. Hist. de Napoléon. *Paris*, Thoisnier-Desplaces. 1839. 4 vol. in-8, dem. rel., portr., vign., cart. et plans.

146. Rovigo (duc de). Mémoires. *Paris*, Bossange, 1828. I à VI, dem. rel.

147. Ségur (de). Histoire de Napoléon. *Paris*, Beaudoin, 1825. 2 vol. in-8, dem. rel., planch.

148. Montgailiard (l'abbé). Histoire de France. *Paris*, Moutardier, 1835. 9 vol. in-8, br. 90 fig.

149. Mazas (Alex.). Mémoires pour servir à la révolution de 1830. *Paris*. In-8, br.

150. Boudin (Amédée). Histoire de Louis-Philippe. *Paris*, 1847. 2 vol. gr. in-8, br., fig.

151. Hume (David) et Smolett. Hist. d'Angleterre. *Paris*, Janet et Cotelle. 18 vol. in-8, cart., n. rog., pap. vél. (Manque le t. XVII.)

152. Los Valles. Un chapitre de l'histoire de Charles V. *Paris*, 1835. In-8, dem. rel., portr.

153. Cabinet de lecture et le Voleur, Journal littéraire. *Paris*, 1831-48. Ens. 35 vol. gr. in-4, dem. rel. (Bel exempl.)

154. Conservateur (le). *Paris*, 1818. 6 vol. in-8, cart.

155. France maritime, Revue pittoresque et autres. Ensemble 5 vol. gr. in-4, rel. b., fig.

156. Guérin (Léon). Les Marins illustres de la France, dessins de V. Adam et Maurin. *Paris*, Belin, 1845. Gr. in-8, toile, tr. dor.

157. La Mode, album des salons. *Paris*, 1829-31. 8 vol. in-8, dem. rel., fig. col.

158. Moréri. Le Gr. dict. historique avec suppl. *Basle* et *Paris*, 1731-35. 8 vol. in-fol., r. v.

159. Perrault (Charles). Les Hommes illustres qui ont paru en France pendant ce siècle, avec leurs portraits au naturel. *Paris*, 1696. 2 tom. en 1 vol. gr. in-fol., rel. v. (Bel exempl.)

160. Plutarque. Les Vies des hommes illustres et les OEuvres morales, trad. du grec par Amyot; notes de Brotier, Vauviller et Clavier. *Paris*, Janet et Cotelle. 1828. 25 vol. in-8, cart., pap. vél., n. rog.

161. Shakspeare. Galerie des femmes. Collection de 45 portraits grav. par les meill. artistes de Londres. *Paris*. Dufour et Mulat. Gr. in-8, br.

162. Spectateur du Nord. 1797-1802. 15 vol. in-8, rel.

163. Mélanges sur l'hist., dont : l'Ère des Césars; Vie des grands capitaines; le Pape et le Congrès, etc. Ens. 40 vol. et br. diff. form., rel. et br.

164. Ouvrages sur l'histoire, voyages, et les sciences. Env. 200 vol. diff. form., rel. et br.

165. 2.000 volumes sur la théologie, les sciences, l'histoire et voyages seront vendus en lots sous ce numéro.

Paris. Typ. PILLET FILS AÎNÉ, rue des Grands-Augustins, 5.

TABLE